KB266267

그리움에게
먹이를 주지 않기로 했다

그리움에게
먹이를 주지 않기로 했다

박종한 시집

좋은땅

시인의 말

글 몇 줄이 사는 것에 비하면
한 조각 기왓장에 지나지 않지만
별을 보고 사막을 가는 사람들에게
물 한 모금이라도 되었으면 합니다.

박종한 봄

차례

새싹

나와도 되냐고 몇 번이고 물어본다

모레 비 온다는데

비가 오고 나면 알 수 있겠다

가벼워진 발자국

얼었던 억장이 녹아내리고

땅속이 꿈틀거리고

떠난 사람 돌아온다는 소리

온순해진 바람소리 들어보고

일어나는 소리

살아나는 소리 들리거든

빼꼼히 내밀어보라

그 사람 그 봄

봄만 있으면 봄을 기다리지 않습니다

겨울이 있어 봄을 기다립니다

그런 사람 또 있으면

그 사람 기다리지 않습니다

남들은 어떻게 여길지라도

나만의 사람입니다

그런 사랑 또 있으면 다른 사랑했습니다

나만의 사랑입니다

잘 살아라는 말 하지 말아요

너 없이 어떻게 잘 살 수 있어

잊으라는 말 하지 말아요

너는 잊을 수 있겠니

그 정도 사람은 얼마든지 있다고 하여도

그 사람 외에는 보이지 않아요

봄이 와도 그 사람이 오지 않으면 겨울입니다

나만의 봄입니다

꽃길을 걸어도 그 사람과 걷지 않으면 그냥

길입니다

풀어내는 날씨

움츠렸던 움이 돋아나고 고양이는 요가를 하고

느슨해진 골격이 목에서 어깨로 내려와

팔을 늘어뜨려 날씨 따라 걸어본다

정교해지려고 몰입했던 굳은 생각도

구멍으로 들어오는 기온에 풀리는 듯하다

뭉치가 풀리는 편안함을 저들은 알고 있었고

경직된 나를 보고 웃었고 사람의 시선을

아랑곳하지 않으면 갈 곳도 많아진다

옷을 따라 입고 음식점 앞에는 줄이 늘어져있고

백화점에는 봄맞이 세일을 한다

더 많이 풀리는 사람은 여행을 가고

그곳을 말하기보다 갔다 왔다고 자랑한다

여행은 떠나는 데 목적이 있다고

말한 보들보들한 시인도 있었지

떠나지 못하는 것은 갈 곳을 정하기 때문인지도

고여 있는 데는 사그라들든지 나오든지 두 가지가 있다

날씨는 나오라고 곁눈질해 왔었다

봄처럼

봄처럼 기다려지는 사람이 되거라

봄처럼 반가운 사람이 되거라

봄처럼 냉랭함을 물리치는 사람이 되거라

봄처럼 포근한 사람이 되거라

봄처럼 설레는 사람이 되거라

봄에는 씨 뿌리고 싹이 나고 잎이 되고 꽃이 피고

새들도 목이 풀리어 노래한다

얼었던 만남도 슬쩍 나타나

봄이 되어 왔다고 말해보자

봄은 아무 언덕에나 기대도 따뜻하다

봄처럼 기댈 수 있는 사람이 되거라

봄처럼 기다려지는 사람이 되거라

봄처럼 일어나는 사람이 되거라

봄처럼

봄처럼

나비효과

나비 가는 데
따라가보면
꽃이 있고
꽃이 있는 곳에
봄이 있고
봄이 있는 곳에
그가 와있다

유채꽃 유래

뽑아내고 다른 것 심으려 했는데

일이 생겨 차일피일 미루다보니

대가 올라와서 꽃피어

여행 온 사람이 꽃 이쁘다고

사진 찍어가서 사람들 데려오고

나비도 오고 해서 밭 주인은 그냥 놔두었다

시골 인심에 전을 부쳐 대접했더니

한사코 돈을 주고 간다

옆집 사람이 신기하여 갈아엎지 말걸

내년에는 그냥 놔두어야겠다 한다

씨앗은 좋은 식용기름이 된다나 카-놀라you

밭에 모여 노란 명랑한 꽃무리가 되었다

다른 유래도 있을 것이다

내사 모르겠다

며칠만 더 있다가
내리시지 활짝 폈는데
내사 모르겠다
구름에게 물어봐
너도 꽃비가
내리지 않니
꽃 그림자 달아나면
어디에 말하지
내사 모르겠다
바람에게 물어봐
외로워지면
누구에게 말해볼까
내사 모르겠다
별들에게 물어봐

습지

물보다 진하고

늪보다 자유로운 군상

습한 곳도 볼거리가 있다고 보존한다

늪처럼 빠져도 허우적거리고

물처럼 흘러만 가도 정착이 안 된다

느리게 받아들이고 느리게 보내는 마을

보이지 않는 만남과 이별을

원하고 있는 것 같아

쉽게 떠나지 못하는 것은

누군가 올 거 같아서

떠나는 것은 올 사람이 없을 것 같아서

소풍 온 군상은 서로의 생태계를

바라보고 있다

어린왕자를 다시 만나

최근에 너의 사진을 보니

자세가 흐트러져 있지 않고 의젓했다

지구에만 살아도 몰골이 말이 아닌데

별과 지구를 살던 너는 여전히 동안이다

네가 오래전 많은 말을 해줬는데

귀담아 듣지 않았어 그 사이 일이 좀 있었지

여기는 나고 살아가고 언제나 분주하지

어제 밤에도 별들이 지구에 와서

부활을 내어놓으라 했지

장미로 태어나는 너의 생일은

5월 어느 날일 것이다

여름밤

돌이가 나오고 순이가 나오고
순이 언니가 동생을 업고 나오고
모기가 나오고 모기를 쫓으러
부채 들고 엄마가 나오고
아버지가 나오고
강아지가 따라오고
반딧불이 나오고 여치가 나오고
달빛이 나오고
잔별이 나와서 감자를 굽고
입가에 수염이 나오고
웃으면 하얀 이가 나오고
알고리즘이 여름밤 내내 이어진다

사과장수

사과 보고 그냥 지나가야겠다 했는데
사과 장수를 보니 사과만큼 쪼그라들어
사줄까 하는데 벌써 그의 손에는
과도가 번쩍이더니 한 개를 사 등분 내어
맛을 보라 한다
한 개를 날렸으니 조금 사야겠다
한 손에는 칼이 들려있고 시식 코너와 사뭇 다르다
검을 다루는 솜씨를 보니 어느 장수의 후손일 것이다
대낮에 길거리서 검을 휘두르는
하나 남은 검객이 찌를 곳이 없어 사과를 쪼개니
평화롭다 해야 하나

부엌 아궁이 열일하다

어른들은 진 밥 드시고

아이들은 꼬들밥 좋아하고

가마솥 가운데는 계란찜 올리고

제일 밑에는 누룽지 간식 나오고

어머니는 기술 좋아서 세 가지 밥 하신다

잔불 내어 자반 굽고

생김은 불 위로 왔다 갔다 하고

아궁이 옆에는 운동화 말려야

학교 갈 때 신고 간다

넣어둔 고구마 감자는 꺼내 입가 숯 바르고

타고 남은 재는 남새밭에 거름하고

군불은 구들목 만들어 대식구 겨울 나는데

가성비 좋아 부엌 아궁이 열일한다

돌 박힌 감

보내오신 감에 돌이 박혀있다

장대로 높은 나무 두들기다가

감이 바닥에 떨어져 돌이 박혔을 것이다

감 보냈다고 하셨는데 돌까지 온 것이다

꼭대기 있는 감 한 개라도 더 딸려고

손이 모자라면 장대를 장대가 다 안 닿으면

발 뒤꿈치를 들고 주실려고 한다

부모는 예나 지금이나 같으시다

아가페여! 아가페여!

부모 앞에는 여전히 물가에 있는 아가이다

큐피드 화살 가지고는 약하다고

너를 향한 돌직구는 직선으로 박혀있는

거침없는 사랑이어라

고운 길만 걸을 수 있다면

누구의 시선도 상관 않는 맨발이어라

고향으로 가자

고향으로 가자

내가 가면 철이 열이 옥이 다 올란가

포도 열리는 고향으로 가자

장독대 옆에 봉숭아 씨는

누가 받고 있는지

오디 먹고 보리밭에 숨어 놀래키면

놀란 척하던 자야도 올란가

보리밭 밀고서 건물 짓는다는데

모두 가서 말려보자

안산 뻐꾸기 울면 종남산

뻐꾸기 대답하는 공간에

배꼽마당 선 그어놓고

사방치기 땅따먹기 하고

다음 날 다시 선을 그은 땅

그곳에서 뛰어놀고 싶다

관절이 더 상하기 전에 가보자

벗어나려고 했던 그곳으로

비켜서 가는 길

산길 가면 먼저 가려는 사람 비켜준다

산 아래 길과 달리 보폭에 간여 않고

나뭇잎 보이고 새소리 들리고

달팽이는 귀에서 나와 수풀 속으로 들어가고

친숙하게 다가가면 다람쥐는 도망간다

무서워하지 않게 되려면 얼마나 걸리려나

나 그런 사람 아니라고 하면 소리에 더 놀란다

그런 사람이 안 되기 위해서

그런 사람이 되기 위해서

걸어온 길이 산길까지 왔다

어디까지 가볼까 밀려가는 길을 비켜 발걸음에 묻는다

산길이 좋은 것은 뒤처져도 된다는 것이다

가다가 산길끼리 만나면

서로 부둥켜 안고 있다

별지기

너를 보면 별을 보는 것 같아

별을 보면 너를 보는 것 같아

별 따 달라 하지 마세요

네가 별이니까

만나면 줄려고 별을 주워

주머니에 넣어 가져가다가

잃어버린다 해도

괜찮습니다

네가 별이니까

별아나게
별은 누구에게나 갈수있어
별이니까
별을 다가도 별은 있어
별이니까
별이 쏟아져도 별은 있어
별이니까
25 3 박종한

별이니까

별이 쏟아져도 별은 있고
별이니까
별을 가져가도 별은 달려있고
별이니까
별을 자기 별이라 해도
별은 누구에게나 갈 수 있어
별이니까

다섯 발자국

북극성은 북두칠성과 카시오페아 자리와

다섯 발자국 떨어져 있다

떨어져있어도 다섯 발자국이면 만날 수 있겠다

어릴 적 밤하늘 있던 그 자리가 지금도 똑같은 거리다

다정했던 사람들이여 다섯 발자국만 떨어져있자

그러면 만나기 쉬우리라

사랑한다고 말하면서 멀리 있는 것은

그리 진실되어 보이지 못하다

서로 그리워하지만 말고 별들처럼 볼 수 있게 지내자

별들이 촘촘히 있는 것은 가까이 있고 싶어서이다

사랑했던 사람들이여 다섯 발자국만 떨어져있자

별 주소

별에게 주소를 물었더니

밤하늘이라고 한다

좀 더 자세히 알려 달라 했더니

외로운 사람들의 끝집이라고

찾을 수 있겠다

밤하늘 외로운 사람

별과 함께 있다면

어디에 있어도 괜찮아

한밤중에 곁으로 오늘 별은

잠을 자지 않고 잠을 재운다

별처럼 갈 수 있는 사람 되게 해 달라고

외로운 사람 그리운 사람

받아보는 편지 되게 해 달라고 자리를

옮기지 않는 별과 같이 되게

해달라고 기도해본다

별 충전소

여기저기 다니면서

이일 저일 하면서

이 사람 저 사람 만나면서

맑은 눈망울은 흐려지고

입은 삐뚤어져있고

반듯한 걸음은 비틀거려

방전되어 돌아옵니다

순수한 코드를 별을 향해 던지면

별빛이 마중 나와

별이 있는 곳은 다된다고 합니다

낮 동안 흩어졌던 하늘을 정돈하고

별들이 자리 잡습니다

연소되지 못한 소리는 창을 열고 내보내어

가시거리를 가깝게 하고

얽히고설켜서 상처 난 곳은 싸매고

외로움은 걸러내고

그리움은 남깁니다

별과 그리움

사랑이 태양이라면

그리움은 별과 같아서

불꽃은 사라져도 잔별은 남아

잔잔한 그리움은 어찌할 수가 없다

눈부신 사랑은 멀어져 갔어도

별처럼 손이 닿지 않는

그리움을 걷어 낼 뜰채는 보이지 않는다

그리움 내리는 창가로 가면

쏘아올린 위성보다도 더 분명한 수신이

별에게로부터 들려온다

사랑했었냐고 그러면 행복했었다고

별 인연

수천 년 전부터 와서

기다리다가 오늘 밤 눈이 마주쳤다

한번 마주치면 눈을 떼지 못해

지금부터는 내가 밤마다 기다릴게

인연은 사연을 만들고

사연은 추억을 한 다발 안긴다

별만큼 함께할 수 있어도

영원이라 하네

영원은 몇 광년 승수를

은하수 오른쪽 모퉁이에 올려놓아

우주로 밀어버린 놀이공원

저 별에 없는 것은 이별

그리움은 사랑의 연장선

사랑은 이별에서 저 별로 이어지고

밤새도록 속삭이면

새벽에 샛별이 와서 문을 닫는다

당신이

당신이 행복했으면 좋겠습니다

당신이 있는 곳에 내가 있으니까

당신이 즐거웠으면 좋겠습니다

당신과 함께하니까

당신이 잘 지냈으면 좋겠습니다

내가 당신에게 갈 것이니까

노트에 한 단어만 쓰라면 사랑이라고 쓰고

두 단어를 쓰라면 사랑한다라고 쓰고

사랑은 주어도 받아도 좋아서

밤에는 별이 되고 낮에는 해가 되고

사랑받기 위해 태어나서

사랑하기 위해 살아간다

3부 너는 나에게 나는 너에게

3부 너는 나에게 나는 너에게

노을

낮과 밤 사이에 무엇인가

있으면 했는데

서쪽 하늘에 시간이 멈추어

찬란한 나라가 하나 생겼다

아쉬운 하루를 보내며

시간 속에 마련된 공간에

잠시 쉬어간다

하루 작별도 손을 저렇게 흔드는데

긴 이별은 얼마나 하늘을 물 들였을까

땅과 하늘 차이를 무너뜨리고

매달리다가 타다 남은

소매 자락을 내다 걸어놓았지

다시 등장하는 노을처럼

삶에도 여운은 있다

물들어 가리라

손톱은 봉숭아에 물들고 서쪽 하늘은 노을에 물들고

밤은 별빛에 물들고 나뭇잎은 가을에 물들어

나는 너에게 물들어가고 있다

스며들게 놔두면 침범당하는 쪽이 나을 수도

오늘은 중력이 바닥에 붙여놓았지만

내일은 게르만 민족의 후예가 되어 너에게 갈 것이다

너는 못 이긴 척하고 끌려오겠지 누가 이겼다고 손 들어줄까

스며들고 있을 뿐이다

너와 내가 만난 곳이 명당

너와 내가 걷는 길이 꽃길

너와 내가 건넌 다리는 아비뇽다리

너와 내가 보던 별이 샛별

우리는 같은 별을 보기에

어디든지 갈 수 있어

우리는 같은 꿈을 꾸기에

떨어져있어도 만날 수 있어

우리는 같은 사랑을 하기에

조금 달라도 이해할 수 있어

그릇에 생각이 있다

싱크대에는 여러 그릇이 나오고

여러 생각이 나와서 그릇을 깨기도 한다

싱크대 앞에 설 때면 씻는 것 하나만 생각해야겠다고 해도

생각끼리 부딪혀 그릇이 깨어진다

싱크대 안에서 질서를 잡기란 쉽지 않아

생각을 줄 세우려면 또 생각을 해야 한다

대체로 사람들에게서 나온 가지들

큰 그릇은 작은 그릇을 낳았을까

낳았다면 간섭할 수 있을까

작은 그릇과 큰 그릇이 부딪히면 큰 그릇이 깨어지기도 한다

큰 그릇은 부딪히지 않으려고 비켜 앉는다

깨어질 위기가 있을 때에 물이 나와서

중재를 하여 가까스로 넘긴다

그릇에는 개수만큼 생각이 있다

접착과 집착의 이해

어떻게 해주었는데

되돌려 받을 생각 없다

다른 것 안 바란다 알아만 다오 해도

집착이 될 수 있겠지

떠나서 잘 지내면 고맙고

찾아주면 감사하고

느슨해졌다고 끊어진 것은 아니다

이어져 가는 길을 이해했을 뿐

집착이 침전되고서 침착해진다

붙어있던 아교도 세월 지나면 틈이 생기고

떨어진 돌도 구르는 데는 사유가 있다

더 떨어져 나갈 모퉁이 없는 조약돌은

석양에 저마다 빛깔을 낸다

지하철 미팅

기다란 좌석에

차 한 잔 없이

서로 마주보고 있다

눈을 마주치지 않으려고

시선을 돌리고

흔한 날씨 인사도 않고 있다

가끔 노점상이 지나가지만

관심이 없다

결정된 것은 없고

들어올 때 각자 계산했기에

문이 열리면 나간다

타조가 들고 있는 스마트폰

몸뚱이는 큰데 스마트폰 속을 들어가려고

목을 빼면 목만 길어지고 있다

충분히 빠른데 더 빨리 가야 된다고

한 마리가 달리면 뒤처지지 않으려고 달린다

새처럼 날지 못해서 느리다고 알을 너무 크게 상속받아

날기 어렵다고 여긴다

활주로인 줄 알고 속도를 내면

뜰 것이라는 믿음을 가지고 걸음보다 목이 먼저 나와

거북이를 태우고 달린다

거북이는 새가 된 것처럼 알을 낳기 시작하고

산통인줄 알고 앓는다

앓으면서도 거북이는 타조에 업혀서 가고 있다

손

악수를 하고
입이 말하면 꼼지락거리기도 하고
아닐 때는 손사래 치기도
헤어질 때는 손을 흔들고
엄지 세워서 최고라 하고
새끼손가락 걸고 약속하고
브이 그리어 승리를 기원하고
하트를 만들어 보내기도 한다
주먹이 되기도 하고 손봐준다고 하고
등짝을 치기도 하고 손을 모으기도
어려울 때 손 내밀면 잡아주고
어루만져 약손이 되기도 하고
말을 손으로 하는 사람도 있고
손이 안 간다고 보기만 하기도 하고
수타면을 좋아하는 사람도 있다

연소되지 못한 하루

해는 불타오르는데도 연소가 잘 되는지

연기가 나지 않는다

연기가 안 나서 눈물도 흘리지 않는다

그을림은 누가 버렸는지

매일 해맑게 얼굴을 내민다

어제는 산으로 가더니

오늘은 바다에 빠져

해는 씻고 자는 좋은 습관을 지녔다

씻고 자라는 말씀 많이 들었지

사람과 사람이 부딪히면 부싯돌처럼 번쩍이고

눈에 불티가 튀어서 연소되지 못하면

눈물을 흘려 돌아와서 얼룩을 다 지우지 못하고

다시 나선다 낮에 타오른 열기를 식히기에는

밤 하나만 가지고는 부족하다

해를 따라갔어야 했는데

남겨진 오로라는 트리를 달아 내리면

배기에 사진 찍는다

선풍기

너는 날개 있는 천사
나는 날개에 붙은 바람
네가 움직여야
내가 일으켜
너에게로 나와서
세상 한 바퀴 돌다가
목 빼고 기다리는
네에게로 다시 간다

포구

마포, 영등포, 구포, 여의나루,

광나루 포구에는 비릿한 냄새

노을빛 남자들의 얼굴

배 들어오면 고기 받으러

소쿠리 메고 오는 아낙들

포가 그런 곳인 줄 모르고

지하철이 도착하며 화장품 냄새 가득한

사람들이 밀려오고 쓸려간다

동네 어귀까지 물들어오던 내 고향 사포

모래무지 있던 백사장에는

바퀴 달린 배들만 가득하다

알려지지 않은 서사

48

한 여자가 울고 있는데
한 남자가 다가와서
나를 도둑놈이라고 불러 달라 한다
여자는 남자를 바라보고
왜 도둑놈이라고 해야 하느냐 하니
당신의 슬픔을 훔쳐가겠다고 한다
여자가 말하기를
그러면 평생 훔쳐 가겠냐고 하니
남자가 말하기를
지금까지 도둑놈과는 다르다고 한다
기쁨을 가져가면 슬픔을 남기고
슬픔을 가져가면 기쁨이 남는다

독에 빠진 미움

미움의 열매는 독성이 있다

담아서 숙성시켜 발효되면

달콤한 맛을 낼지도

담는 데는 독이 있어야 한다

비바람 눈보라 맞고 몇 개월

몇 년 가도 끄떡없는 독

독 짓는 노인 만나거든

독 하나만 가져다 달라 해주세요

미움의 열매를 독에다 넣어

덮어놓고서 한동안 들여다 보지 말자

반 지갑

어제는 반 지갑이었는데

오늘은 빈 지갑이 되어있네

어제는 당신을

반밖에 못 채웠지만

오늘은 당신을

다 채워보렵니다

언제든지 지갑을

품고 다닙니다

꽃병

교탁 위 꽃병에 많은 꽃들이 화려하게 거쳐갔다

인연은 꽃잎 같은 것

신입생은 왔는데 조잘대는 소리를

늙은 선생은 알아듣기 버거워하고

문방구 주인은 누구 집 아이인지

대를 걸쳐 꿰고 있다

부동산 사장 장부에는

이사 가고 올 사람의 날짜가 빼곡히 적혀있고

딸에게 비법을 가르치고 있는 식당

종영을 앞둔 드라마는 다음을 예고하고

오랜만에 찾은 카페는 사람이 바뀌어있었다

임시 저장되는 창문

내다보기도 하고 밖에서는 두드리기도 한다

꼭이라는 것이 있지는 않아

두드려서 반응이 없으면 지나간다

문보다 작아도 신발 벗지 않고 많이 드나들어

소리, 햇빛, 봄, 가을, 귀뚜라미, 앞산, 고개, 팔

쪽지, 쪽지 받으면 문 밖을 뛰어나간다

그냥 벽일 수도 있었는데

벽을 사각사각 갉아 구멍을 내었다

창문에 오면 사각에 몸을 맞추고

문으로 들어가기 전에 임시 저장된다

저장은 다람쥐가 잘하지 숨겨놓고

대부분은 잊어버린다고 하지

스마트폰에도 창이 있어 물고 왔던 알맹이가 감추어져있어

키 높이만 한 창문은 얼마나 될까?

망설이지 않고 두드릴 수 있는 창문은 얼마나 될까?

번지 점프 하는 고추

고추는 맛이 아니고 자극하고 있다고 말해도

고추는 맛이 있다고 한다

고추 맛이 달다고 하는 것은 헛바닥을 때리면

샌드백처럼 맞아야 단잠을 자는

어느 사회에서 온 잔재인지도

맞을 준비한 부드러운 마당은

처음에는 거절하더니 와서 늘어도 된다고 한다

맞아도 그 자리서 왜 못 벗어날까

그만이라고 하지 않는지

순한 아이들이 도망가는 것 보면 맛이 아닐 수도 있다

고추가 길 위에도 빌딩 안에도 모퉁이마다 늘려있고

고추에 분풀이하려고 식당에서 기다리고 있다

동굴 속으로 떨어뜨려서 깊이에 한동안 쾌감을 느껴

높이만큼 한 번의 점프를 위해서 땀을 흘리며 오른다

고추를 손에 들고 다른 고통이 있다고 말 안 해도

서로 알고 있는 듯하다

매워도 어느 것 때문에 우는지 모른다

파도 읽기

파도는 산이 되었다가 집이 되었다가

구름이 되었다가 나무가 되었다가 우체통이 되었다가

어깨동무하고 마중 왔는데 피하려고 하네

거친 곳에 있다가도 발 앞에 와서는 순하게 내려놓는다

소식을 기다리는 사람은 바다로 나가보면

멀리서 뭉쳐오는 우편물을 풀어놓아 각자의 것을 찾아 간다

이름을 부르는 사람 백사장에 사연을 쓰는 사람

바라보기만 하는 사람 거닐다가는 사람

땅에서는 하늘은 멀었는데 수평선에서는 하늘과 가깝다

저 길로 고래도 내려왔을 것이다

길을 아는 갈매기는 오르내리고 밤새 꾸었던 꿈은 바다에서 다시 만나고

아픔도 기쁨도 한 번 밀려오면 한 번 밀려가고

그렇게 반복하여 씻기어 가볍게 하여 저 가난한 길로

올라갈 것이다

어떻게 살아왔는지 저 길은 알고 있다

물거품 같은 걸음은 파도에 지우고 철석같은

서로의 믿음을 가지고

물결이 한 장씩 넘기면서 궁금한 내일이 있다고

함께 가자 한다

바다를 삼킨 고등어

바다를 씹고 있다
바다를 닮아 대담하다
파도가 입혀져 등 푸른 생선이 되고
파도의 속살은 하얗다
바다가 되면 세파가 와도
자유로운 헤엄을 칠 것이다
인연은 꼬리를 물고 줄지어 오고
잡아먹어달라고 꼬리치고 있다
할아버지, 할머니, 아버지, 어머니는
가운데 토막을 내어주며 내려왔다
거친 물결을 삼키고 잔잔하게 엮인
바다를 내어주셨다
바다를 먹고서
바다가 되어가고 있다

머리가 좋은 사람

머리가 좋은 사람을 만난 적이 있다

빠른 결정을 하는데 올바른 결정을 한다

부탁하면 다음에라고

대답하지 않고 바로 말해준다

집에 가서 고민해 보는 나와는 다르다

머리 좋은 사람은 돕는 데도 망설이지 않는다

머리가 좋으면 스트레스도 적게 받을 것 같다

딜레마에 자주 빠지는 것은

머리 문제였다

일기 예보

너는 예보 없이 왔어

예보가 맞출 수 없는 것은

그 카페 앞 계단까지 알 수 있겠어

요즈음은 확률을 말하고 책임을 피하려고 해

만나면 책임이 생기니 망설이고 있겠지

책임 없는 사랑은 있기는 할까

계절 정도는 말할 수 있겠는데

너는 예보가 안 돼

앞으로 어떻게 될 것이라는 말은 듣지 마

어떻게 되든지 함께지 오늘을 예보하지는 않지

내일도 함께할 것이니 내일도 오늘과 같아

바람 아니면 비 아니면 눈 아니면 흐림

다음에는 맑음이겠지

너의 집에 나를 걸어두었어

올 때 가져올 수 있겠니 서로를 입을 수 있게

아무 때나 와도 돼

너에게 할 말이 있다

너 하나만 받아들이기로 했어

너 받아들이는데 파도치는 바다가 아니라도

둘이서 건널 수 있는 징검다리 있는 물살이면 되지 않겠니

사랑한다면 무슨 많은 정박이 필요 하겠어

사랑은 단번에 오기에 한번에 다 담지 못하지

아니 전부 다인 것처럼 보여

네가 올 때 주변은 보이지 않았어

지금도 너만 보인다고 너도 그렇게 말해주렴

사랑에 나는 수성은 쓰지 않아 유성을 쓰지

사랑의 줄을 그었더니 처음에는 좋아했었지

어디든지 따라가고 사랑은 스토킹과 구분이 안 되지

요즈음은 어디든지 홀로 잘 다니고 있지 않니

헐거워졌다고 헐거운 사랑은 없어

기다리지 않는 사랑은 없어

첫 눈이 멀어져가고 있다면

사랑의 유효기간은 사랑할 때까지야

서로를 생각하면서 각자의 길을 가고 있다면

이런 경우를 이루어질 수 없는 사랑이라 하지 이룰 수 없는 사랑은 변

명이지

변명은 사랑의 걸음에 한참 모자라
사랑하려고 사는데 아이러니 하게도
사는 것이 사랑을 방해하지
그냥 삶을 살 것인지 사랑하는 삶을 살 것인지
톨게이트 진입하기 전에 결정해야 돼 가다가 이 길이 아니라 하는 것
은 비겁해
변명과 비겁은 가까워져있지

오는 너

바람이 불지 않아도 흔들렸다

비가 오지 않아도 촉촉하다

네가 오는 날에는

그리움이 범벅된다

한번 지나가면 초토화되어

여진이 생겨 한동안 떨려

체벌은 금지되어있는데

아픔이 있었다

어쩌면 오는 것을 은근히

반기고 있는지도

사랑의 이유

사랑하는 데 무슨 이유가 있나요

사랑하지 않는 데는 이유가 있지

자꾸 생각나면 만나보고 싶고

만나보고 싶으면 사랑하는 것이지

사랑하는 것보다 설명하는 것이 더 어려워

어제는 누구가 누구를 만나고 있는데

잘되겠냐고 말하길래

듣고 가만히 있었다

비와 사랑

그리움의 장작을 모아서

사랑의 불쏘시개로 붙이면

비가와도 피어오르는 그대 향한 불꽃

바람이 불어오면 더욱 타올라

정열의 혀는 빗물을 핥아 더 이상 막을 수 없다는 듯이

내리는 세월도 비켜서 가는 길을 열어준다

언제 길을 다갔다고 한 적 없다

언제 사랑이 끝났다고 한 적 없다

먹는 것으로만 살 수는 없어 사랑도 해야 된다

앞으로 비는 내릴 것이다

사랑도 할 것이다

비가 내릴수록 사랑은 자욱하여

눈물을 흘리면서 불을 피울 것이다

감추어진 사랑

감추어진 근육을 찾으러 헬스장에 갑니다

숨어있는 사랑을 찾으러 그를 만나러 갑니다

그리움을 꺼내면 사랑은 근육처럼 나와서

힘 있는 팔뚝이 되어 이끌어줍니다

너는 낙엽이든가 나무든가

너는 비든가 바위든가

낙엽 되면 나무는 선명해지고

비 오면 말갛게 드러나는 얼굴

네가 스치어가는 동선은

도장처럼 찍어내는 그리움

얼마든지 언제까지 남아지리

남아있는 것이 전부라도

사랑하는 사람 만나면 다 내어놓습니다

사랑이 근육처럼 솟아나면

힘 있는 사랑이 되어 이끌어줍니다

또 한 번 안녕

좋아했던 사람에게 행복을 기원했는데

잘 살고 있다는 소문이 들려와서

고개를 끄덕였다

너무라는 말까지는 하지 않았는데

이미 안녕했다는 것은 잊은 채

그리움으로 엮인 동아줄로 끌고 왔는지도

함께 걸었던 코스모스 길은 포장되어있고

가을을 기다릴 수 없다고

길가는 이름 모를 꽃들로 심기워져있었고

손잡고 건너야 할 냇물위로는

잊을 만큼 편리하고 튼실한 운반수단이

지나가고 있었다

혹시라도 길에서 다시 만나진다면

차문을 내리고 안녕이라고 해야 할 것 같다

나의 잠을 토막 내던 너를 이제는

더 이상 마술사라고 부르지 않겠다

그리움을 지우면서 또 한 번 안녕 연민도 안녕

그리움에게 먹이를 주지 않기로 했다

사랑보다 그리움이 길다면 그리움을 줄여야 한다

그리움이 커지면 외로움도 커지고 한 뼘 되는

그리움의 그림자는 해지고서 밤만큼 길어지고

허기를 채워야 한다고 서성이는 그리움에게

먹이를 주지 않기로 했다

빨리 걸어보기, 비 맞고 걷지 않기, 별이 자기 전에 잠들기

그리움의 자리에 별자리로 채우기

만나는 것보다 떠나보내기 어려워

사람들은 별빛으로 만나려고 하는지 알겠다

한 그루 나무는 나뭇잎을 떠나보낸 고독한 헐벗은 마른 몸도

봄이면 새잎이 나와 감싸기 시작하여 상처를 가리는 데는

한 계절이면 된다고

나무에게서 상처를 다스리는 법을 배운다

나무에게서 떠나보내는 것을 배운다

가을이 여름보다 길다면 걷고 걸어서 못 돌아올 수도 있겠지

이별이 사랑보다 길다면 그리움은 없는 것으로 해야 한다

자전거 바퀴에 달린 그리움

구름이 하늘을 열었다 닫았다 하고

바람은 문을 열어 달라고 볼을 비비고

거치대에는 그리움이 대기하고

열쇠는 각자 비밀번호가 있다

열기 좋은 날이다

가로수 잎을 툭 치고 나가면

툭 튀어나오는 얼굴

반질해진 안장에 앉아

페달을 밟으면 살이 휘청하며

바퀴보다 몸이 먼저 나와

그리움의 지평선까지 가면

지평선은 또 멀어져가고

돌아와서는 다시 잠근다

눈의 온도

눈에 알이 있어 언제나 부화를 꿈꾼다
첫눈에 깨고 나올 줄 알고 따라갔다가
온도차로 두 눈이 빨갛게 되기도 했지
둘이 합쳐진 온도를 말하는지 몰랐어
초점을 맞추려고 한쪽 눈을 감기도 하지만
눈동자가 서로 맞아야 한다네
너의 바다에 빠졌는데
너는 손을 내밀지 않았어 젖은 알을 품고
나는 꿈을 꾸며 별빛 속으로 걸어갔어

유연한 희망

오면 가고 가면 안 오는 시간들

인생이 짧다고 하면서 시간을 어떻게 보낼까 하고

노인의 꿈은 젊어지고 싶고

다시 쌓기 어렵다고 단단한 벽을 짓고

꿈을 이룬 줄 모르는 청춘은 꿈을 좇아 쌓고 부순다

시간은 공간속에 놓여진 상자

공간을 찾다가 시간을 정착시켜 불시착도 도착되어졌다

신기루를 찾다가 신대륙을 만난 조상도 있어

빗나갔어도 시작하면 다시 흐른다

식당 옆에는 부동산이 옆에는 꽃집이

건너편에는 편의점이 그 옆에는 미용실이

언제 주민이 되려고 한 적 없었다

어쩌다보니 여기까지

잠수교

밀려오면 잠시 서로에

푹 빠져 이들은 잠수를 탄다

우리의 사랑이 끝나기까지는

아무도 오지 말라고

친절하게 써놨다

수면 위로 떠오르면

흥미를 느끼지 못해

가끔 만나면 더 깊이 빠져

사랑의 깊이는 누군가 재고있고

이들이 오라고 하기까지는

발길을 돌려야 한다

무지개 전령

멍들면 먼저 달려와서 감싸안으며

괜찮아 괜찮아질 것이라고

나도 비오면 누워있다가

비 그치면 일어난다고

빨주노초파남보 막내에 더 애정이 가지

새끼에 보호본능이 있어

새끼손가락 걸고 약속하지 좋아질 것이라고

좋아지고 있다고 말해줄 거야

염려했던 것보다 잘 이기고 있다고

지켜보다가 갈 거야

멀리 있다고 안 보이는 것이 아니야

안 보여도 다 보고 있어

무지개에 보인 너

무지개 색을 일곱 가지로 정해놓았지만

일곱 가지도 다 안보여

너를 볼 때 네가 몇 가지냐고

세어보라면 대략 세다가 말지

나타난 몇 가지만 너라고 하지

무지개가 누위있는 것을 본 적 없어

산 넘어 뭐가 있는지 몰라

그리움이 그치고 나타났기에 너만 보였어

비는 피하지만 무지개는 피하지 않아

끝까지 바라보지

코스모스 길

길이 안 보일 때는

코스모스 길을 가보면

사방이 코스다

지구를 다 갔다면

코스모스 꽃잎에 앉아

희망을 우주를 향해 쏘아라

무중력의 길을 걸어가면

어디가 앞인지 뒤인지

누가 위인지 아래인지

모르는 공평의 공간에서 만날 것이다

지구가 떠있다는 것을

알면은 차분해진다

비록 반지하로 내려갈지라도

아무것도 가라앉은 것은 없다

코스모스 길을 걸어가보면

사방이 열려있다

달에 발 내딛듯이

달에 첫발 내딛듯이 너의 표면에서 내려앉으면

느리게 받아주어 너무 느려서 도망도 못 가고

만남을 길게 늘인다

무중력에는 짐이 지워져야 만날 수 있어

새벽 공기 가르며 가방 메고 가는 사람은

누구를 생각하며 가고 있다

처진 어께, 숙인고개, 무거운 걸음도

너를 생각하면 무중력의 길이 나와서

달에 발 내딛듯이 너에게로 천천히 가고 있다

낙타를 팝니다

낙타를 팝니다 낙타를 어디에 쓸려고

필요한 사람이 있을 것이다 사막이 보이는 사람은

낙타가 있어야 한다 고독, 인내, 모래 씹듯이

한 입안 목마름, 오아시스, 야자수 어디가 길인지 모르고

끝이 안 보이는 길 건너기 위해서는

축적되어야 하는 혹 같은 덩어리는

다른 사람의 시선으로는 성형되지 못하고 가야만 하는 길에 짐이 지워

져있다

쥐의 귀, 소의 배, 말의 갈기, 호랑이 발, 양의 털, 개의 넓적다리, 토끼

의 코, 모래 막는 속눈썹, 콧구멍 개폐되고 위가 세 개인 물 저장고

선인장도 먹을 혓바닥 눈물 많이 흘려서 향균에 우수하고

삼투압이 잘 되어 특수한 환경에서도 생존할 수 있는

전천후입니다

한 번도 못 가겠다고 한 적 없는 낙타를 팝니다

새도 나르기 꺼려하는 사막을 건너야 하는 길에는

낙타가 있어야 할 것입니다

낙타를 빌려드립니다

사람이 귀찮아지거든

사막을 가보면

선인장도 선 인간처럼 보인다

낙타가 꼭 있어야

할 사람에게

눈앞에 사막이 놓여있는 사람에게

낙타가 얼마냐고

여러 번 묻는 사람에게

빌려드립니다

디오게네스는 노숙자가 아니다

통나무집도 있고

대낮을 밝히는 등불도 있고

찾아오는 황제도 있고

어두운 지하도에

앉지도 않는다

낮에 밝은 사람을 찾고 있다

디오게네스가 있어야 할 때이다

디오게네스를 본 적 있냐고

물어보면 모두 못 봤다고 한다

비슷하게 생긴 사람이

지나갔다고 한다

단체로 받은 자유

자유를 달라 하여 주었는데

지상은 누가 차지하고

지하철에서 얌전하게 갔다 온다

다른 것도 달라하지 그랬어

단체로 구하는 바람에 단체로 가고 오고 있다

자유를 부여받은 몸들이 칸칸이 앉아 졸고 있어

소원을 말할 틈도 주지 않는다

청렴하게 살아라 말 안 해도 청빈해졌다

캄캄할 때 나와서 터널 속으로 갔다가

해지면 들어오는데 하늘은 누구의 것이던가

자유를 주었다고 하는데 땅속에 문을 만들어

시간을 문에다 걸어두고 문이 닫힐까봐 뛰어간다

복도에서 뛰지 말라고 학교 벽에다 써 붙여놓았는데

여전히 뛰고 있다

뛰지 못하면 이것마저 내려놓아야 한다

먹이는 우리 안으로 들어오고 우리라는 묘한 말을 만들어

가두어놓고 모니터링하고 있다

너는 나에게 나는 너에게

세월의 강이 흘러가면서 많이 유실되었다

사납던 것들이 씻겨갈 때

정답던 것도 흘러갔다

언제까지 떠내려갈지 모르지만

모래알들이 한곳에 모여 있는 것 보면 같으면 만난다

표류해도 정착되어지고

소용돌이쳐도 가고 있고

실종신고 되어 있지 않아서

너는 나를 향하여 나는 너를 향하여 노 젓고 있다

유속이 달라서 먼저 와서 기다려도

늦어져도 흩어지는 만남은

차곡차곡 쌓여진다

우체통

사랑하는 사람의 사연을 먹고는

입을 다물지 못한다

부모님 전상서는 꼭 가야 하고

군대 간 자식에게 보내는

소식은 애가 타고

우정의 친구에게 가는 안부 편지

먹고서 배불러 게워내며 트림하던 입

그 우체통 요즈음은 허기져 입 벌리고

우들거리는 다리는 듬성듬성 서있는데

체통이 말이 아니고 아직도 보낼 곳이 있는데

통 먹여주지 않는다

외출

차려입고 신발 어디 있더라 하면

신발이 자고 있다가 화들짝 놀라며 짝을 찾는다

어디 가느냐고 물으면

누가 좀 만나자고 한다고 하면 바쁜 것처럼 보인다

기분 좋은 외출은 가다가 눈살 구기는 일도 못 본 척하고

생일처럼 넘어간다

구두 닦는 날 지구에 왔지 않았을까

지상에 올 때 손을 흔들지 않았다

다녀오겠습니다 하면

어머니는 언제나 잘 갔다오라 하셨다

돌아올 사람에게는 손을 흔들지 않는다

아직 돌아가지 못한 외출이 있다

승부

나의 양손을 서로

가위바위보 해보았다

내가 나를 이겼다

내가 나에게 졌다

언제든지 이길 수 있겠다

언제든지 질 수도 있겠다

내가 나의 양손을 들 때는 졌다

누군가 나의 한 손을 들 때는 이겼다

밤을 베어 먹는 슬리퍼

편의점은 잠이 없고

잠이 없는 사람이 슬리퍼 끌고 오는 소리에

아르바이트생은 슬리핑하다가 깨고

주인도 슬리퍼 신고 오면 배려가 있을 텐데

젊은이는 잠이 많고 노인은 하루가 아쉬워

시간을 따지려고 25시를 찾는다

체공시간을 연장하려고 이단 줄넘기를 하는데

슬리퍼 신고는 잘 안 된다

새는 체공시간이 길어서 줄넘기를 하지 않고

슬리퍼가 없어 편의점에 가지 않는다

별이 야식하려고 일식시키면 가상의 낮이 있는 쪽으로

슬리퍼가 와서 밤을 모서리만 베어 먹는다

바보 인증서

왜 그랬을까

바보라고 정해놓은 것은 없다

한 번이라도 바보짓을 했으면 바보인 것이다

다시 쫓아가서 바로 잡을 수 있다면

바보를 벗어날 수 있겠지만

흘러가는 것은 기다려주지 못했다

바보는 바보보고 바보라고 하고

바보는 바보 아니라 하고

바보가 이끌고 바보가 가르치고

바보가 일을 시킨다

바보는 바보를 만나고

바보는 바보를 낳는다

바보라고 인정하지 않아도

바보인증서는 도착한다

억새

가을은 억새에게

넘기고 떠났다

억지로 떠안은

억새는 가을로 남아지고

떠나지 않는 너를 보면

억새를 보는 것 같아

억세게 좋다

흔들려도 뽑히지 않는 뿌리

바람 불고 눈이 와서

내려앉아도

봄이 올 때까지

억세게 서있겠다

억새가 하는 말

억새는 갈대라고 불리면 대답을 않는다

키는 비슷해도 고생한 마디가 달라

갈 곳이 끝나는 포구에 있는 갈대는

기댈 언덕이 없어서 서로 비비고

갈대는 고생의 주기가 짧다

고생도 모여서 하면 적게 보여

억새는 갈대와 다르게 보이려고

손톱 손질을 매일 한다

억새도 억세게 살아왔다고 하여도

그들 세계에서는 알고 있다

억새는 은빛 머리를 흔들며

대대로 비빌 언덕에 있었다

B플랜에 대한 물음

잘 안 될 것을 염려해서 마련한 안전장치인가

기분이 썩 좋지는 않지만 B플랜은 있다

예상을 해보는 것은 야무지게 살아보겠다는 의지인가

간사한 본연인가 친한 사람에게도 적용되는가

인생을 좀 살아본 사람은 이해되어진다

B플랜은 또 다른 만남인가 결코 아니다

사랑에도 해당되는가 들어보지 못했다

이별을 생각하는 사랑은 없다

사랑은 흡수력이 가뭄에 단비 같아서 측정이 안 된다

사랑할 때만큼은 다른 것을 볼 수 없다

우연을 가장한 치밀한 계획으로 만났더라도

운명의 광장에서 사랑 앞에는 벌거벗었다

그러면 B사감에게도 해당되는가

아쉽게도 B사감은 A플랜도 없었다

사랑에 대해서 더 말하면

사랑은 식을 수는 있어도 타다 남은 원석

태양 아래 그림자도 하나 한번 던져진 창은 맡겨진 채 승패도 없는 정

열의 여행

대신할 수 없는 산고 난산은 있어도 탄생은 아름답다

고백만큼은 순수하다

나에게 있어

다 잘해줄려고 또 욕심내고 있네

그만큼 했으면 됐어

늘 잘하라고 말하지 않아도 돼

너무 미안해하지 않아도 돼

묻고 대답하고 다독거려 주고 안아주고

쑥스러워 남이 보는 데는 잘 안 한다

그럴 수밖에 없었다고

변명을 들어줄 사람에게 말하고 있다

일어서는 데 도움이 컸어

서있어 흔들리고 걸어가기에 넘어졌다

포기할 수도 있다고 거기까지라고

들여다보기에 누구보다 가까워

계속 그리워할 것인가 물어보고 있는 중이다

고민이 많다는 것 알고

친해지려고 친절하게 대하기로 했어

집 나서는 방망이

투수는 안 맞으려 하고

타자는 치려고 하고

휘두른 방망이 맞은 공은

멀리 가지 못하고 발등을 때린다

아파서 팔짝팔짝 뛰어도

관중은 지켜보고 있다

진정되었는지 다시 타석에 들어서고

진정해야 다음을 할 수 있어

사는데 진정할 일 많아

야구를 왜 만들었냐고 하면

야구는 원래 이런 것이라고 한다

오늘도 방망이 하나 들고 집을 나선다

새는 발톱을 깎지 않아

새는 날 수 있기에 신발을 신지 않아

사람은 벼랑에서 돌아와 신발 끈을 다시 맨다

새는 날개를 주셨고

인간은 토닥거려주고

안아주라고 두 팔을 주셨어

볼을 만지려면 손톱을 깎아야 해

돌아와서 하루 밤이라도 잘 수 있다면 꿈을 꿀 수 있어

이제는 나는 꿈은 꾸지 않아

깃털이 80% 옷을 입고 다녀도 날 수는 없지

앞을 힘주어 갔다가 터벅터벅 걷게 되지

아침에는 앞축이 닿고 저녁에는 뒤축이 닿아

언제나 발이 먼저 부딪혀

새는 부리가 먼저 닿지

사람도 입이 나올 때도 있어

부리는 되지 못하고 곧 들어가지

새는 부리를 집어넣지는 못해

토끼의 후기

산전수전 다 겪은 토끼는

양서를 읽으면서

조신하게 살아가고 있다

용궁에 있었던 이야기 들려 달라 하지만

큰 고비 넘기면 입을 다문다

전에처럼 사방팔방 뛰어 다니지 않고

길이 아닌 곳은 가지 않기

특히 뭘 주겠다는 사람 따라가지 말고

귀가 커도 귀가 얇으면 안 된다

나이 생각해서 관절도 아껴야 한다

먹는 것은 토끼풀이면 충분하다

벽에다 써 붙여 놨다

낙엽을 밟으며

추억이 낙엽처럼 퇴적되어

새로운 기억이 입혀지고

그 위를 밟으며 주어진 길을 간다

낙엽은 자리보고 내려앉지 않는다

앉은 자리가 삶의 자리가 되고

동료가 생기고 같은 단층이 만들어진다

갈 수 있는 데까지 가보자

모두에게 만족을 줄려는 것은 욕심

나무는 하늘이 넓어도 뻗을 수 있는 만큼 팔을 벌렸다

길이 놓여있어도 돌아올 수 있게 걸어본다

꿈은 현실이 되고 현실은 꿈을 확인시키고

가지는데 미움만 생기지 않는다면

그런대로 이루었다고 할 수 있겠다

미움의 돌 뿌리도 낙엽에 덮히는 것

세월 속에 다정도 발길 따라 간다

겨울 달래기

차가운 눈

매몰차게 찬바람 씽씽 날리고

너는 왜 그러느냐고 하면

나는 원래 그렇다 하면서

더 차갑게 대한다

언제한번 터놓고 말해보자

냉정한 것이 진심인지

반기는 사람이 없어 그러는지

눈만이 겨울 가운데 서서

하늘에서 이불 들고 내려와 덮는다

눈 덮는 날은 삐거덕거리다가도

잠잠해져 모두 이불 속으로 들어간다

겨울 강

겨울에는 강이 아니라
너와 내가 만나는 다리가 되고
옅은 사랑도 두꺼워져
꽝꽝거리며 건넌다
겨울 강은 운동장이 되어
타고 밀고 당기고 뛰다가
미끄러지면 손잡고 일어나는 땅
천진난만한 땅 자기 땅이라고
우기지 않는 땅 한동안 허락된 땅
땅 아래는 그리움이 흐르고
사랑과 그리움의 삼투압을
겨울이 꽉 물고 있다

바람 부는 날

바람 불어 따끈한 국물 먹으러
포장마차 들렀는데
부부가 장사하고 있다
끝까지 함께하겠다는 것이다
천막 문이 열리고
남녀가 들어오는데 괜찮아 보였다
바람 불어도 좋기만 하다
바람이 세게 불어도 꽉 잡을 듯하다

성탄길

이번 성탄은 딴 데 가지 말고

낙타 한 마리 길러서

동방박사 갈 때

따라나서보자

드릴 것 없으면

밝은 얼굴 드리고

먼 하늘에서 오셨는데

하루길 정도야

편지

그립다고 말했는데

대답 대신 눈을 보내 오셨네요

읽어보겠습니다

써보겠습니다

하얀 종이 위에

그대 얼굴 그려보았습니다

발자국 찍어서

첫눈 밟으며 가자고

첫사랑이 보내왔네요

그립다고 말했는데

눈을 보내오셨네요

그리움에게
먹이를 주지 않기로 했다

ⓒ 박종한, 2026

초판 1쇄 발행 2026년 4월 5일

지은이   박종한
펴낸이   이기봉
편집   좋은땅 편집팀
펴낸곳   도서출판 좋은땅
주소   서울특별시 마포구 양화로12길 26 지월드빌딩 (서교동 395-7)
전화   02)374-8616~7
팩스   02)374-8614
이메일   gworldbook@naver.com
홈페이지 www.g-world.co.kr

ISBN   979-11-388-5733-8 (03810)

• 가격은 뒤표지에 있습니다.
• 이 책은 저작권법에 의하여 보호를 받는 저작물이므로 무단 전재와 복제를 금합니다.
• 파본은 구입하신 서점에서 교환해 드립니다.